안녕, 스무 살

김수현

진지하지만 심각하지 않은 사람. 밝지만 가볍지 않은 사람.
미술학원에 다닌 적은 없지만 그림 그리는 걸 좋아해서 디자인을 전공했다.
문과와 디자인 중간쯤에 있다가, 지금은 일러스트를 그리고 글을 쓴다.
《100% 스무살》《안녕 스무살》《180도》《나는 나로 살기로 했다》를 펴냈다.

안녕, 스무 살

copyright ⓒ 2011 김수현

지은이 김수현

1판 1쇄 인쇄 2011년 7월 18일
1판 1쇄 발행 2011년 7월 27일
1판 2쇄 발행 2018년 3월 25일

발행인 신혜경
발행처 마음의숲

대표 권대웅
주간 이효선 **편집** 송희영 **디자인** 임정현 **마케팅** 노근수 허경아

출판등록 2006년 8월 1일(105 - 91 - 03955)
주소 서울시 마포구 동교로 144 - 13(서교동 463 - 32, 2층)
전화 (02) 322 - 3164~5 | **팩스** (02) 322 - 3166
페이스북 facebook.com/maumsup
ISBN 978-89-92783-49-1(03810)

찬란해서 고독하고, 그래서 아름다운 스무 살 이야기

안녕,
스무 살

글·그림 김수현

마음의숲

Prologue

다가온 당신의 스무 살에게
떠나간 당신의 스무 살에게

Contents

모자도,
코끼리를 삼킨 보아뱀도 아닌,
이불을 뒤집어쓰고 울고 있는 당신에게

나는 이젠 이렇게 말하고 싶다.

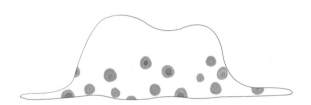

"엄살떨지 마."

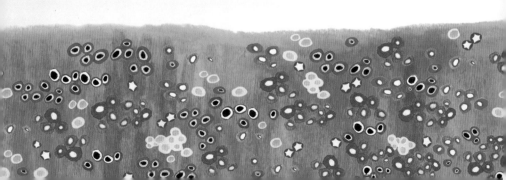

PART 1.

안녕,
불안한
스무 살

지금 나는 나 스스로를 완벽하게 사랑하고 싶어.

어느 순간부터
20대는 크게 세 종류로 나뉘어졌다.

불안하거나
지치거나
혹은 둘 다이거나.

힘든 당신을 위로하기 위해서
유치하게 더 힘든 누군가의 이야기를 들먹일 수는 없다.
일곱 살 소년 가장이 아무리 힘들다 해도,
열일곱 살 희귀병 환자가 아무리 아프다 해도,
우린 또 우리대로 힘든 거다.

내 힘듦이 일곱 살 소년 가장에게는,
열일곱 살 희귀병 환자에게는 복에 겨운 소리라 해도,
미안하지만 어쩔 수 없다.

그렇게 우리는,
옆에서 암 환자가 죽어간다고 해도 우리 손의 상처가 아프지 않을 수는
없다.

상처의 크기가 작건 크건,
나한테는 내가 아픈 게 제일 아픈 거다.

당신이 모두 부러워하는 안정된 직장에 다닌다 해도,
끝내주는 나이스 바디를 가졌다 해도,
먹고 살 걱정 필요 없는 금수저를 물고 태어났다 해도,

당신도 힘들 수 있고,
또 당신에겐 당신의 아픔이 제일 크다.

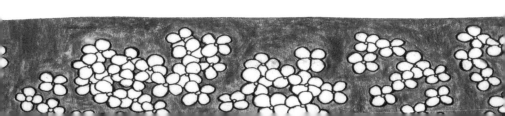

그런데,
그런 당신이 꼭 알아야 할 것은,
다 그렇게 저마다 아프면서 살아간다.
다 그러고 산다.

우리 삶의 모든 일에는

지구력이 필요하다.

Q. 날개가 있어도 절대 날 수 없는 것은?

A. 생리대.

삼수를 해 대학에 간 친구가 입학을 하면서
대학 졸업 전에 해야 할 일들을 목록으로 만들었다.
졸업 후 그 목록을 다시 보니,
대부분의 일들을 이루었더란다.
고등학교를 마치고 바로 대학에 진학했던
나는 의식도 하지 못한 채 보낸 시간들을
그 친구는 분명한 목표와 함께 보내온 것이다.

물론 개인차는 있겠지만,
삼수를 하는 동안,
많은 생각과 다짐을 했기 때문일 것이다.

한 걸음씩 앞만 보고 내딛는 것이 아니라
한 걸음 멈추고 걸어갈 길을 바라보는 것.

그것이,

삶의 웨이팅 기간이 주는 전화위복.

무언가를 기다리는 당신이라면,
언젠가 이 시간의 의미도 알게 될 테지.

정체가 아닌, 우리의 삶의 웨이팅 기간.

지금 당장 자리에서 최대한 높이 뛰어 보라.

after

최대한 높이 뛰기 위해서
분명 그대의 몸을 숙였으리라.

before

사람들은 그런 것을 '도약'이라 부른다.

참 많은 사람들이
일을 시작하고 나서 앞으로 계속 이 일만을 하고 살아야 하는 걸까
라는 회의감에 빠지는 건,

어린 시절 장래 희망을 말하라는 어른들의 질문에 경찰관, 간호사 따위로
대답해왔기 때문일지도 모른다.

우리는
그 후의 삶은 묻지 않았다.
그 안의 삶은 묻지 않았다.

직업은 삶의 방법이지,
삶의 목적이 될 수는 없다.
직업을 정하는 것은 삶이라는 여행의 교통편을 정하는 것과 같다.

물론 안락하고 편리한 교통편에는 그만큼의 대가가 필요하며,
어떤 이는 입석의 불편함을 감수해야 하기도 하지만,
어찌 됐건 그것은 삶의 교통편일 뿐.

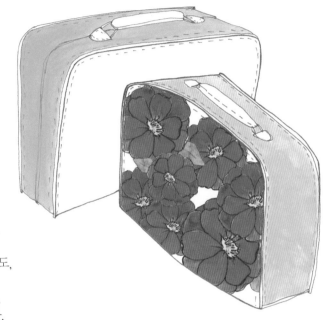

똑같은 여행지에 가도,
다른 경험을 하고,
다른 사진을 남기고,
다른 추억을 만들 듯,

일하기 위해 사는 것이 아니라면,
당신의 여행은 지금부터다.

그러니 당신의 삶에 대해 더 많은 것을 꿈꿔라.

달은 항상 머리 위에 있었다.

그렇게 어두워져야만 보이는 것들이 있다.

10년 동안 다이어트를 해왔다.
전문의에 뒤지지 않는 다이어트 상식과
계란만 먹으며 닭똥 냄새가 날 것 같은 순간도 참아온 세월의 결과….

내 몸무게가 10년 전과 똑같다는 빌어먹을 사실을 깨달았다.

30대에도 40대에도 50대에도,
다이어트는 여자에게 장기 집권해 있는 새해 목표.

여자의 끊임없는 다이어트는,
사실 미래에는 좀 더 나은 무언가가 있을 거란
위안일지도.

아토피는 선천적으로 타고나는 거라 믿던 (멍청한) 나에게
스무 살이 지나서 아토피가 갑자기 생겼다.
난 그게 너무 싫어서 무시해 버렸고,
때밀이 타월로 두 시간 동안 때를 밀어 버리는 등,
절대 해선 안 될 행동들을 했다.
그러자 아토피가 심해져서 병원에 안 갈 수가 없게 됐다.

그냥 눈감고 모른 척한다고 나아지는 일은 없다.
원치 않는 사건이 닥쳤을 때,
'나에게 왜 이런 일이!' 하며 억울해해도 어쩔 수 없다.

세상엔 전 재산을 전화 한 통에 속아 날리는 사람도 있고,
불의의 사고로 평생을 불구로 사는 사람도 있는 거다.
원치 않는 어떤 일이 이미 닥쳤다면 더 이상 억울한 일은 없다.

인정하기 싫은 일도 인정하고,
억울한 일도 극복하기 위한 노력을 해야 한다.

그게 우리가 제대로 살아가는 방법이다.

내가 딱 이만하게 느껴지는 날이 있다.

1년은 휴학했고 어쩌다 보니 학교를 1년을 더 다닌 나는
친구 명신이가 3년차 간호사가 되어서
자리를 잡고 적금도 착실하게 붓고 있는 동안,
과외로 생활비만 벌며 취업 준비를 하고 있었다.

언니에게 말했다.
"나는 다른 사람에 비해 벌써 3년이나 뒤처졌어."

그 말에 언니는 자주 들었을 법한 문구를 다시 들려 주었다.

"사는 건 경주가 아니야."

그래. 자주 듣던 말도 상황에 처하면 또 잊어버리고 말지만,
사는 건 누가 더 빨리 달성하고 성취하는지에 대한 경쟁의 장도,
지마켓이나 옥션처럼 다른 이와 비교할 수 있는 일도 아니었다.

성인이 되어 데뷔한 배우가
아역배우에게 뒤처졌다고 아무도 이야기하지 않는 것처럼,
전주가 아름다운 노래가 후렴이 아름다운 노래보다
더 대단하다고 이야기하지 않는 것처럼.
더 빠른 것도, 더 늦은 것도 없다.

물론 우리는
여덟 살에 초등학교 입학,
열네 살에 중학교 입학,
열일곱 살에 고등학교 입학 등
그 나이에 따른 의무 교육이 익숙해서
늦춰지는 대입이, 취업이,
혹은 뒤처진다고 느껴지는 어떤 일들이 불안하기만 하다.
그러나 이제 우리에게는 그 나이에 마땅히 이수해야 할 의무교육도,
따라야 할 정석도 없다.

그러니 우리
그 작은 차이들에 움츠리고 죄인처럼 고개 숙이지 말자.
지금 우리는 무언가를 이뤄야 할 나이가 아니라
무언가를 이루어가는 나이일 테고,

그저 각자의 세계에서
각자의 삶을 세우며 살아가고 있을 뿐이다.

그대, 떳떳하다면 당당해라.
Just keep your pace.

'토끼와 거북이' 우화에 나오는 거북이가 알아야 할 것은,

1. 육지에서는 느림보라고 토끼에게 놀림을 당해도
바다로 나가면 토끼 따위는 상대도 안 된다는 것.
그러니 거북이 자신은 열등한 게 아님을 기억할 것.

2. 그리고 거북이는
육지에서 토끼와 하는 경주를 그만두고,
자신이 가장 빛날 수 있는 바다에서 살아갈 것.

Let's go to the sea!

당신이 가장 빛날 수 있는 곳으로.

사람들은 '죽을 용기가 있으면 뭘 못해?'라고 말하지만,
어떤 시기에는
사는 것이 죽는 것보다 더 큰 용기를 필요로 할 때가 있다.

그래도,
포기하고 싶은 순간이 온다 해도,
용감하게 살아가주길.

어느 순간이고,
다시 일으켜 세울 수 없는 삶이란 없다.

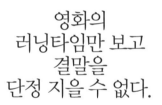

영화의
러닝타임만 보고
결말을
단정 지을 수 없다.

러닝타임만 보고는 영화의 결말이 어떻게 될지 알 수 없듯이,
아직 당신도 당신의 가치를 다 알지 못한다.
그러니 당신의 삶을 결코 단정 짓지 마라.

그러기엔 당신에게 너무 많은 미래가 있으니.

이대로 단정 짓기엔

나는 당신이 너무나 아깝다.

라디오도 TV도 없고, 배도 자동차도 존재하지 않던 시절,
이누이트들은 분명 온 세상이 얼음덩어리라 생각했으리라.
그래서 따스한 바람, 봄날에 만발한 꽃은 상상할 수 없었으리라.

당신도 그럴지 모른다.
당신이 북극에서 태어나
아직 한 번도 그곳을 떠나본 적이 없기에,

온 세상이 차가운 얼음덩어리일 거라 생각할 수도 있다.

그러나
분명 세상 어딘가에선
따스한 바람이 불고, 꽃들이 피고 있다.

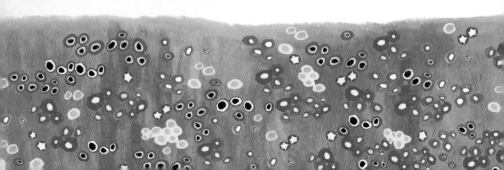

'살아간다'

살아간다는 말은 '산다'와 '간다'는 말을 합친 것일까?
그렇다면, 산다는 건 어쨌거나 어딘가를 향해 전진해 나간다는 것.

나의 20대는, 그렇다.
낯선 땅을 여행하는 여행자처럼 한걸음 한걸음이 조심스럽다.

뒤를 돌아 내가 어디까지 걸어왔는지,
어디로 가야 하는지,
한참을 바라본다.

나는 지금 잘 가고 있는 걸까.
나는 지금 잘 살고 있는 걸까.

그런 나이 같다.

길이 없는 광야를 걷는 것 같은.

그래서

어떤 이는 이 나이가 설렌다 하고,
어떤 이는 이 나이가 두렵다고 한다.

아이러니.

한 살 한 살 나이 먹는 건 싫고 시간을 붙잡고 싶으면서도
출근하고 나면 퇴근까지 시간이 빨리 지나가길 바라는 마음.

일하는 시간도 다신 돌아오지 않는 당신의 삶이니,
꼭 웃으며 보내 주길.

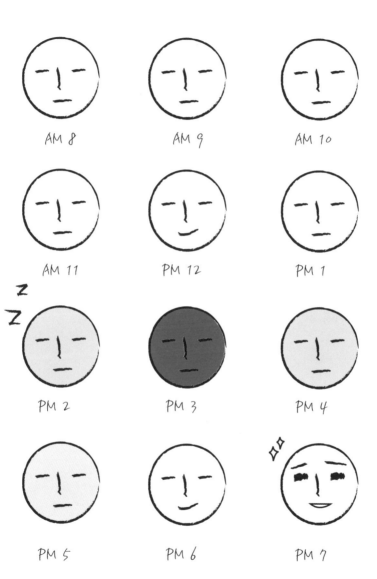

AM 8 AM 9 AM 10

AM 11 PM 12 PM 1

PM 2 PM 3 PM 4

PM 5 PM 6 PM 7

모든 걸 가지지 않은 대부분의 사람들은 타협이라는 걸 배워간다.

중학생들이 서울에 있는 4년제 대학교쯤은 당연히 갈 수 있으리라 생각하지만,
고등학생이 되어 모의고사를 치고 경쟁하면서
모두가 그럴 수 없음을 깨닫게 되는 것처럼.

누구나 명문대에 가고 싶고,
강동원이나 김태희 같은 연인을 만나고 싶고,
초봉 4,500만 원에 복리 후생이 빵빵한 회사에 취업하고 싶다 해도,

누구나 그럴 수는 없다.

성적과 적성에 맞춰 대학을 가고,
강동원이나 김태희 같지는 않지만 나를 사랑해 주는 사람을 만나고,
대기업은 아닐지라도 미래를 보고 일할 수 있는 곳을 찾는다.

그렇게 어른이 된다는 건,
내가 가지고 싶은 것과
내가 가질 수 있는 것 사이에서

타협을 해 나간다는 것.

민족의 __

__굴 인식

__짱

__음

그래. 제대로
'얼' 빠졌다.

우리는 때로 과거에 대한 후회를 한다.

더 열심히 보낼걸.
더 용감할걸.
더 좋은 선택을 할걸.

하지만 "나라고 잘해 보겠다는 생각 없었겠어."라는
유행가 가사처럼

그 순간에, 우리라고 잘해 보겠단 생각 없었을까.

내가 어려서 혹은 약해서 혹은 몰라서 혹은 지쳐서
뜻대로 되지 않았다 한들,
잘못된 선택이었다 한들,

그 순간의 우리는 한다고 한 것이고,
그 순간의 우리에게는 최선이었다.

삶의 모든 것을 돌이켜 보면
언제나 최상의 행동은 아니었을지라도,
그래서 완벽하진 않았어도, 엉터리였어도, 부족했어도,

과거는 언제나 그 과거의 최선이었고,
과거의 실수는 오늘을 발목 잡는 족쇄가 아닌
오늘을 더 열심히 살아가야 할 이유이자 경험이라는 삶의 지혜였다.

그렇게 돌이켜 보니, 후회할 일은 없었다.

그러니,
수없이 스스로를 다잡으려 애쓰며
지금껏 달려온 당신에게 이렇게 말할 차례.

"그래. 이 정도면 잘해왔어."

BRAVO YOUR LIFE.

3D 영화가 나와도
나는 언제나 가까운 곳에 있는 라디오가 더 좋더라.

라디오에서 김 '승자'라는 청취자가 자기소개를 했다.

"제 이름은 '패자'의 반대말입니다!"

"아… 그럼… 김 '맞자' 씨?"

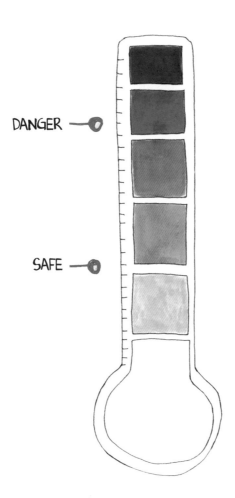

지나친 배려는 거리감을 만들고
지나친 소신은 꽉 막힌 사람을 만들고
지나친 긍정은 현실성이 없는 사람을 만든다.

덕이 지나치면 독이다.

언젠가는 필요할 거라 생각해서 못 버리는 물건들 중
대부분은 영원히 필요 없는 물건일 경우가 많다.
유행이 아무리 돌고 돌아도 절대 유행할 리 없는 꽃분홍색 니트도,
두어 장 쓴 2009년도 다이어리도,

언젠가 한번 보자, 했지만
결국은 영영 못 보는 사람들처럼.

그렇더라.
대부분은 영원히 필요 없는 물건일 경우가 많더라.

나는 참 아무것도 버리지 못하고 살아왔구나.

버릴 줄 알아야
새 옷도, 새 가방도, 새 추억도 들여놓을 수 있을 테지.

착한 것과 멍청한 것의 차이는?
눈치와 의심의 차이는?
약은 것과 융통성 있는 것의 차이는?

그것은 바라보는 시선의 차이

그 시선에 애정을 담았느냐,
그렇지 않았느냐.

왜곡된 건 사물이 아닌 그것을 비추는 거울일지도.

중학교 시절,
한 친구가 내 생일에 선물이라며 현금으로 만 원을 준 적이 있다.
그래서 얼마 후 친구의 생일에 나도 만 원을 선물로 주었다.

지금 생각해도 참 정당하고 공정한 생일 선물이다.
하지만 주는 사람도 받는 사람도 당연할 뿐, 기쁘진 않았다.

이런 돌려받기 위한 형식적인 선물은,
선물이자 의무가 되고,
돌려받지 못할 경우엔 일종의 계약 위반이 발생한다.

누군가에게 주는 애정도 마찬가지다.

돌려받기 위한 애정은
축의금으로 10만 원을 냈는데
5만 원으로 되돌려 받으면 분개하는 것처럼
돌려받지 못한 애정에 서운해하고,
내가 준 애정과 내가 받은 애정을 저울질하게 만든다.

선물에 이유가 붙고 조건이 붙으면 선물이 아닌 뇌물이 되는 것처럼,
그렇게 누군가에게 주는 애정에 이유가 붙고 조건이 붙으면 인간관계가 아닌
갑과 을의 계약 관계가 되어 버린다.

그러니 당신의 진심과 애정 앞에 조건을 붙이지 말라.
언제나 애정의 조건은 무조건이어야 한다.

물론 때론,
당신이 주는 무조건적인 애정을 걷어차고 내동댕이치는 사람도 있겠지만,
결국 손해인 것은 당신이 아닌,
당신의 진실한 애정을 받을 자격이 없는 그 사람인 것이다.

그러니 진심과 애정을 아까워하지 말자.

당신의 무조건적인 애정을
조건 없는 진심으로 되돌려 주는 사람을
우리는 친구라 부를 수
있는 것이다.

"비가 오면 우산이 되어 줄게."

아직 대학에 못 가서
아직 자격증 시험에 합격하지 못해서
아직 취업을 못 해서
아직 몸무게가 줄지 않아서
아직 결혼을 하지 않아서
아직 승진을 못 해서
아직 내 집을 마련하지 못해서
아직 아이가 크지 못해서
.
.
.

핑계 없는 행복의 무덤은 없다.

삶의 모든 것이 완벽해진 후에야,
행복할 거라 믿는 사람은

영원히 행복할 수 없을 것이다.

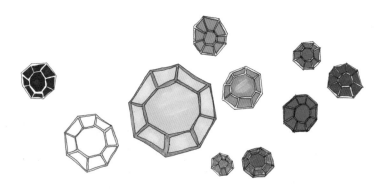

예전에 어떤 심리학책에서 말하길,
사람들이 '왕년에는…' 하며 허풍을 떠는 것은,
좋은 기억이 나쁜 기억보다 더 강하게 간직되기 때문이라 했다.

그래서 사람은 삶을 돌이켜보는 순간이 왔을 때,
힘든 일도 많았지만 좋은 일이 더 많았다고 생각할 수 있는
일종의 시스템을 갖추었다고 한다.

온통 까만 밤하늘에
몇 개의 별이 박혀 있는 모습에,
우리는 밤하늘의 대부분을 차지하는 어둠이 아닌
별의 아름다움을 이야기하듯,

삶의 대부분의 순간은 의무로 가득 차 있겠지만,
그 속의 아름다움이 빛나고 있고,
돌이켜보면

참, 눈부신 삶이었다고 말할 날이 올 것이다.

행운≠행복

행복은 행운을 전제로 하지 않는다.

어쩌면

점심 식사 후 한 잔의 아메리카노가,
가슴을 먹먹하게 만드는 오래된 영화가,
뜬금없는 친구의 보고 싶단 문자가

우리가 그토록 이야기하는
행복한 삶의 전부일지도.

세상은,
그것은
누릴 수 있는 사람의 것.

플라스틱은 열이 닿으면 녹아 버리고,
쇠붙이는 열이 닿으면 더 단단해진다.

사람도,

시련에 녹아 버리는 사람과
시련에 단단해지는 사람이 있다.

당신은 어느 쪽인가?

안철수 씨의 자서전을 읽은 후,
나는 존경하는 인물로 안철수 씨를 꼽곤 한다.

나를 비롯해서 많은 사람들이
안철수 씨를 존경하는 이유는

그분이 의대를 나올 정도로 똑똑해서,
혹은 안철수 연구소를 차리며 사회적으로 성공을 했기 때문이 아니라,

항상 좋은 일을 하겠다는 선의와
그분의 성품을 존경하기 때문일 것이다.

세상에 잘난 사람과 성공한 사람은 많지만
존경받는 사람은 많지 않다.

같은 성공이라도,
잘난 사람은 시샘을 사고,
성품을 갖춘 사람은 존경을 산다.

그러니 우리가 인생에 걸쳐 해야 할 것은,

시샘이 아닌 존경을 위한 노력들.

진취적인 것.
자신감을 갖는 것.
솔직한 것.

종이

한 장의 차이.

무모한 것.
자만심을 갖는 것.
경솔한 것.

고등학교를 졸업한 후에 동창들의 소식을 들었다.
전교 1등을 빼먹지 않던 한 친구가
25살의 나이에 사법고시를 패스했다.
그리고 비슷한 시기에 또 다른 동창생은 유부남을 만나기도 했고,
어쩌다 사채 빚까지 졌다는 이야기를 들었다.

똑같은 학교에서 똑같은 수업을 들었고,
생활도 가정 형편도 비슷했을 터이다.
그런 두 친구의 스무 살 이후의 삶은 너무나도 극명히 달라져 있었다.

내가 아는 한 전교 1등이었던 친구는 좋은 머리도 가려질 만큼
성실한 노력파였고 반듯한 친구였지만,
다른 친구는 거짓말을 자주 해서 평판이 그리 좋지는 못했다.

같은 학교에 진학했다 해도, 같은 집에서 태어났다 해도,
사람들의 삶은 천지 차이가 나게 갈린다.

이것을 정해진 운명이었다고 말할 수 있을까?

"Character is destiny."
"인격이 운명이다."

존 매케인의 책, 《사람의 품격》에서 나온 말이다.

삶을 짧게 보면 운이나 환경에 의해 결정되는 것 같지만,
멀리 보면 우리의 삶 대부분은 인격, 가치관, 의지나 신념 같은
정신적인 면들에 의해 결정되는 것을 알 수 있다.
그렇게 우리는 운명이라 이야기하지만,
우리의 삶에 우리가 선택하지 않은 순간은 없었다.

당신의 미래가 궁금하다면,
믿거나 말거나인 사주팔자 풀이 말고
당신의 마음을 확인해 보도록.

그것이 가장 정확한 미래의 초상일 테니.

Understand yourself.

어떤 최고급 뷔페에 간다 해도
모든 음식을 먹을 수는 없다.
배는 불러 올 것이고, 집으로 돌아갈 시간이 올 것이다.
때문에 우리는 가장 좋아하는 음식을 고른다.
인생도 마찬가지이다.

살며 모든 것을 이룰 수는 없고 또한 그럴 필요도 없다.

저마다 자신의 입맛에 따라 가장 좋아하는 음식으로 접시를 채워가듯,
당신도 당신의 마음에 따라 가장 원하는 일들로 삶을 채워야 할 것이다.

단, 눈치를 보며 육회와 양념게장을 포기하거나,
언제나 먹을 수 있는 김밥과 인절미로 접시를 채우지는 않기를.

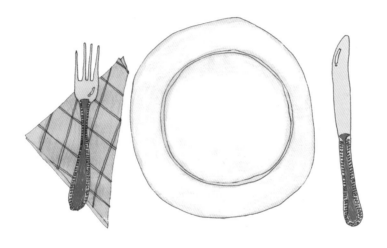

이제
당신의 접시에 무엇을 올려놓을 것인가?

"When you were born, you cried and the world rejoiced.
Live your life so that when you die, the world cries and you rejoice."

"네가 태어났을 때, 네가 울고 세상이 기뻐했다.
네가 죽을 때, 세상이 울고 네가 기뻐할 수 있도록 세상을 살아라."

Cherokee expression

－체로키족 속담－

PART 3.

안녕,
꿈꾸는
스무 살

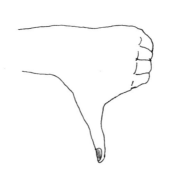

"내가 이 정도에 무너질 줄 알았다면"

"천만에."

"뭘 해야 할지 모르겠어요."
라는 후배의 말에
그럼 언젠가 도움이 될 테니 영어 공부를 시작하라고 했다.

그 후, 끊임없는 고민의 고민을 거듭했다는 후배를
1년 후에 만났다.
"뭐 하고 지내니?"
"영어 공부해요….."

무엇을 해야 할지 모르겠다는 사람들은
사실은 대부분 해야 할 일이 분명한 경우가 더 많다.

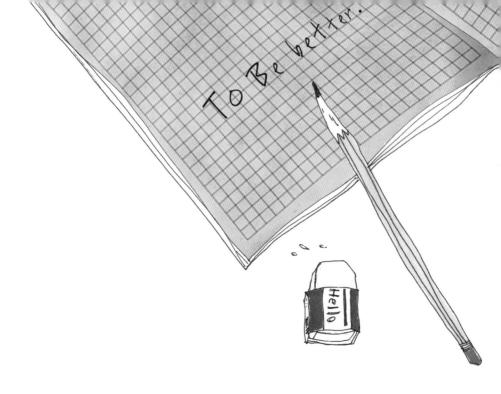

어쩌면 무엇을 해야 할지 모르겠다는 고민은
분명히 해야 할 일을 미루는 스스로에 대한 변명일지도.

말은 제대로 하자,
넌 노력하지 않아.
그냥 징징거리는 거야.

-《악마는 프라다를 입는다》 중에서 -

노력과 스트레스는 비례하지 않는다.

열폭

열무값 폭등.

차도남

차가운 도시락 먹는 남자.

어제 했어야 할 일을 오늘로 미룬다고, 덜 힘들어지는 건 아니다.
어제 힘들었던 일은 오늘도 힘들다.

그래도 내일로 미루지 않아야, 내일이 좀 낫다.

무언가를 질질 끌어왔다면,
지금은 바닥에 질질 끌려와 너덜너덜해진 일들을
깨끗이 빨고 탁탁 털어서 쨍쨍한 햇볕에 널어야 할 때.

더 빨리 노력할수록 더 빨리 벗어날 수 있으니.

고등학교 때, 아폴로 눈병에 걸려 학교에 못 간 적이 있었다.
그때 그 일은 정상참작이 되어 결석으로 해당되지 않았다.

그러나 삶에
정상참작은 없다.

암에 걸려도,
혹은 번개를 맞아도,
아니면 강도 9의 지진이 나서 집이 두 동강이 난다고 해도,

삶은 계속된다.
아무리 슬퍼도
다달이 전기요금을 내야 하고,
밥은 먹어야 한다.
구준표가 짠하고 나타나 수렁에 빠진 나를 구원해 주는 건 아니다.

그렇게 삶에는 슬픔 할인이나 슬픈 사람 우대는 적용되지 않는다.
지치면 언제든 다시 시작할 수 있는 닌텐도 게임이 아닌 것이다.

주저앉으면
결국은 당신의 손해일 뿐,
현실은 계속해서 굴러가고 있다.

그것이, 어떤 상황에도
당신이 결코 주저앉을 수 없는 이유다.

지옥을 지나가야 한다면,
계속 가라.
If you are going through hell,
Keep going.

_윈스턴 처칠

누가 패션은 돌고 돈다고 했던가.
고대 이집트 시대의 화장술이 스모키 메이크업으로 21세기를 강타할 줄이야.

그렇듯 현재는 언제나 과거의 연장선.

대학에 와선 얼빠져서 보낸 탓에
공업 디자인이라는 전공은 내 생에서 가장 어려운 공부였다.
게다가 선배들의 말을 듣기론 디자이너의 처우도 형편없었고,
매일 야근을 할 생각하니 끔찍했다.

고등학교 때까지 문과였던 나는
나름 명문대의 경영 학부를 합격했다는 사실을 빌미삼아
대학 내내 과외를 해서 어렵지 않게 용돈을 벌었는데,
입버릇처럼 "정 안 되면, 공부방이라도 차리지." 라는 말을 했다.

당시에 나는 그 사실이 '적어도 굶어 죽지는 않겠구나,' 하는
보험이라 생각했고 그래서 다행이라 생각했다.
그렇게, 골치 아픈 전공 공부와 담을 차곡차곡 쌓아가던 어느 날
문득 그런 생각이 들었다.

'모두의 만류를 무릅쓰고 시작했던 내 꿈은 어디로 사라졌을까.'

불안한 나를 안심시켰던 "정 안 되면…."이라는 말은
불안도 절박함도 날려 버렸고,
'해 보고 되면 하고, 안 되면 말고.'
정도의 안일한 생각으로는 '이거 아니면 죽는다.'
생각하고 하는 사람들을 이길 수 없었다.

아, 나는 정말 엄살만 떨다가 너무 쉽게 포기했구나.

참 많이 후회한 나는, 졸업을 미루고 다시 디자인에 몰두했다.

그대, 무언가 정말 하고 싶은 일이 있다면,
두려워하지 말고 그 일을 해라.

그리고
절박해져라.

무엇도 두렵지 않다면, 미래가 불안하지 않다면,
삶을 위해 누가 노력을 하겠는가.

당신의 두려움도, 불안도, 절박함도 모두 좋다.

나는 당신이 조금 더 절박했으면 좋겠다.

창의적인 아이디어는 데드라인에서 나온다.

극단의 상황과 인간의 잠재력의 상관관계에 대하여.

시험의 제 1원칙.

헷갈리는 문제에 매달리다,
나머지 문제는 풀어보지도 못하고 시험을 망치지 말 것.

언제나
지나치게 신중한 생각은
지나치게 경솔한 행동을 부르는 법.

행동하지 않는 신중함만큼 어리석은 일은 없다.

내가 과외를 하며 학생에게 늘 했던 이야기는
선 성적, 후 선택이다.

숱한 고민 끝에 선생님이 되겠어, 의사가 되겠어 한들
누구나 교대나 의대에 갈 수는 없지 않은가?

아무리 미래에 대해 고민해 봤자
머릿속으로 혼자 하는 생각이 미래에 대한 정답을 제시할 수는 없고,
설사 완벽한 미래의 청사진을 그렸다 해도,
준비되지 않은 사람에게 기회는 있을 수 없다.

그래서 기회와 노력은 곱셈의 관계라 했다.
기회가 찾아왔을 때 노력은 그 기회를 수배로 만들 수도 있고
아무리 큰 기회일지라도 0으로 만들 수 있는 것이다.
한치 앞만 보고 살라는 뜻이 아니라,
노력과 행동이 없는 고민은 무의미하다는 것이다.

그러니 고민은 접어두고 당신의 삶을 위해 최선을 다할 것.

무엇을 해야 할지,
어떻게 될지,
결과에 대한 의구심을 가득 안고 있다고 해도,

한 가지 분명한 사실은

열심히 한 순간에 대해선 결코 후회하지 않는다는 것.

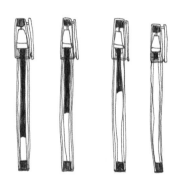

힘들 때마다 수없이 되뇌었던 그 말,
"녹스느니 닳아 없어지리라."

오늘 당신의 노력에 대한 대가가 반드시 치러지듯,
오늘 당신의 나태에 대한 대가도 반드시 치러질 것이다.

노력하지 않는 한,
불평할 자격은 없다.

인간미 or 백치미

인간미를 가장해서 말하는 건데,
사실 나는 '검은 머리 파뿌리 되도록'이라는 주례사를
스무 살 때까지 '검은 머리 밥풀이 되도록'인 줄 알았고
(둘 다 하얀 건 마찬가지니.)

성룡이 주연한 《러시아워》라는 영화를
러시아 전쟁 영화라고 생각했다.

그래도 여자 친구에게 쓴 편지에
'나의 반려자에게'라는 말을 "나의 발여자에게"로
쓴 사람보다는 내가 나은 것 같다.

하하하.

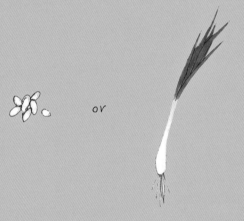

or

친구가 화장품에 영 관심 없던 시절,
스킨, 로션, 크림에 여행용까지 들어 있는 화장품 풀세트를
만 원도 안 되는 수상한 가격에 산 적이 있다.

싼 게 비지떡이라는 말처럼,
어처구니없이 싼 물건은 어딘가 의심스럽다.
쉽게 돈 벌 수 있는 비법을 알려 준다고 하면 다단계일 가능성이 높고,
길에서 나눠 주는 교회 이름이 박힌 휴지조차도
예수 믿고 영생하라는 요구가 붙는다.

그렇게 세상에 공짜는 없다.
왕관을 쓰려는 자 그 무게를 견디라는 말처럼,
언제나 당신이 바라는 모든 일은 응당한 대가가 필요하다.

살을 빼려는 자 그 식욕을 견뎌야 하고,
잘못된 사랑을 끝내려는 자 그 그리움을 견뎌야 하고,
꿈을 이루려는 자 그 고독을 견뎌야 한다.

그래도 우리 너무 어렵게 생각하진 않기를.

노력은 언제나 정직했다.
그 무게를 견디는 자, 왕관을 쓸 것이다.

그대는 어제와 똑같은 오늘을 보내면서

어찌 오늘과 다른 내일을 바라는가?

대학교 때, 학교 셔틀버스에서
핑크색 머리에 금색으로 브릿지를 넣은 여학생을 만났다.
외모나 차림새는 평범했지만
머리만 스티커 사진 가게에 있는 가발을 뒤집어쓴 것 같았다.
장담하건대 그렇게 본인에게 어울리지 않는
머리를 한 그 여자애는 스무 살일 것이다.

진실이가 레게 머리처럼 보이는 호일 파마를 했던 나이,
내가 폭탄 맞은 파마머리를 해서
눈물을 머금고 단발로 잘라 버린 나이.
하지만 응당히 그래야 할 나이.
스무 살.

난 후배들에게 이렇게 말했다.
20대의 가장 큰 특권은 실패할 자유라고.
나이가 더 먹으면 실패를 할 수 없기 때문이 아니라,
쉰 살에 치아 교정기를 하는 것보다
스무 살에 치아 교정기를 하는 것이 나은 것처럼
실패는 빠를수록 좋고
20대는 가장 실패에 자유로울 나이이기 때문이다.

그 여자 아이는 이제 여러 머리를 해 볼 것이다.
단숨에 어글리 베티로 만드는 교정기처럼,
형편없는 머리스타일도 빠르면 빠를수록 좋다.

몇 년 후 친구의 미니홈피에서 스물 살 때의 사진을 발견하고는
경악에 차서 삭제 요청을 할지도 모르지만.
이제 우리는 자신에게 잘 어울리는 머리를 찾아갈 것이고,
백화점 이월 상품 원피스를 싸다고 덜컥 사면 안 되는 것과
잘생긴 남자는 얼굴값을 한다는 사실을 배워 갈 것이다.

그러니 실패를 두려워하지 말라.

인생의 얼리어답터 공자님이 말씀하시길,
우리의 최대의 영광은 한 번도 실패하지 않은 것이 아니라
실패할 때마다 일어나는 데 있다고 하셨다

때로는 후회하고 실패할지라도 다시 일어서길,
그렇게 우리는 삶의 방식들을 찾아가는 것이며

성장하는 것이다.

Q. 로또 당첨자의 첫 번째 자격 조건은?

A. 로또 구입.

No try no gain.

뭔가를 나름대로는 열심히 하고 살아왔는데 막상 손에 잡히는 것이
없던 순간.
어느 것 하나도 끝날 것 같은 일이 없고,
끝이 있다 해도 그때까지 어떻게 버틸 수 있나 생각했다.
그렇게 사는 게,
언제 들려올지 모르는 종료 휘슬을 기다리며
끝나지 않는 달리기를 하는 것 같았다.

내가 참 하찮고, 상황은 불안했고, 해야 할 일은 끝없이 펼쳐져 있던 날들이었다.
하지만 그렇다고 털썩 주저앉아
내 삶이 무너지는 걸 두고 볼 수는 없었다.
모두 힘든 나에게 시간이 약이라 위로했지만,
잘못된 약물 처방과 오용은 부작용으로 나타나듯,

아무것도 하지 않은 시간은 그저 시간일 뿐이었고
약이 될 수 없었고
힘든 순간 할 수 있는 건, 나아지기 위한 노력뿐이었다.
내가 좋아했던 노랫말처럼.
내려놓을 수 없다면 끝까지 지고 가는 수밖에.

혹시 당신도 그런 시기를 겪고 있다면, 혹은 언제인가 그런 시기를 겪게 된다면,

오늘 하루를 열심히 살고,
내일은 또 내일 하루를 열심히 살고,
내일 모레는 또 내일 모레 하루를 열심히 살아가자.

그렇게 매일 꾸준히 노력하다 보면
입에는 써도 몸에는 좋은 약처럼
삶도,
어느새 거짓말처럼 더 나아질 것이다.

힘든 당신에게,
열심히 사는 하루가 삶의 희망이고 삶의 용기다.

미약하지 않은 시작은 없다.
그러니 최선을 다 했다면, 그 노력을 믿고 기다려라.

조바심을 내지 않아도 언제나 봄은 찾아오듯이.
당신에게 창대한 끝이 찾아올 것이다.

PART 4.

안녕,
사랑하는
스무 살

잊을 수 없는 기억.

은혜가 물었다.

"이번에 이렇게 헤어지는 게 힘들면
다음번 사람과 헤어질 때는 덜 아프지 않을까?"

내가 대답했다.
"엄마가 돌아가셨다고 아빠 돌아가실 때 힘들지 않은 건 아니잖아."

이별에 면역은 없다.

유비무환

미니홈피 일촌을 끊는다.
전화번호를 지운다.
핸드폰 번호를 바꾼다.
그의 이메일을 지운다.

어느 순간 마음이 무너져서
그에게 매달리다 자존심이 전사하지 않기 위해
모든 루트를 차단하는 유비무환.

사랑의 첫 번째 함정은
사랑 역시 인간관계라는 걸 잊는 데 있다.

아마도, 사랑은
찰흙으로 만들어진 것이 아니라 유리로 만들어졌을 것이다.
한 번 깨지면 원래의 모습을 찾기 어렵고
그 파편이 날카로워서
아물지 못하는 상처를 만들기도 하니 말이다.

그래서 사람들은 사랑이 끝났을 때,

'깨졌다'
라는 표현을 쓰는 건지도.

그런데 때로 사랑을 막 시작한 여자들은
사랑을 확인하고 싶은 마음에
헤어지자는 말을 남발하는 오류를 범하기도 한다.

이것이 사랑의 두 번째 함정.

매달리는 남자를 기대하며 던진 최후의 보루라면,
"Yes."란 대답이 돌아온다 해도
눈앞이 캄캄해지지 않을 자신이 있는 게 아니라면,

헤어지자는 말은 쉽게 내뱉지 말 것.

여자의 사랑 테스트용 이별 선언에
남자는 그 사랑을 포기하기도 하니.

완전히 이해할 수는 없다.

완전히 사랑해야 할 뿐이다.

불안한 여자의

"나 사랑해?"

라는 질문에 답하는 남자의 대답은 언제나 성에 차지 않는다.

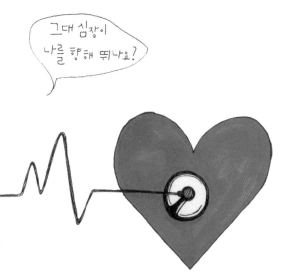

그럴 수밖에 없는 것이,
사랑에 대한 믿음은 말로 확인할 수 있는 게 아니다.

노골적인 비유를 하자면,
부모님 세대가 듣도 보도 못한 기업의 제품보다는
비싸더라도 대기업의 제품을 사는 건,
TV 광고 때문이 아닌 오랜 시간에 걸쳐 만들어진 브랜드에 대한 믿음 때문이다.

그렇게 브랜드에 대한 신뢰는
사탕발림 같은 광고 세례가 아닌 지속적인 시간이
동반되어야 만들어지듯, 사랑도 마찬가지다.

오늘 그가 나에게 사랑한다 했다 한들,
내일도 나를 사랑할지는 알 수 없는 노릇이 아닌가.
그러니 사랑하냐는 질문에 대한 대답은 어차피 성에 차지 않을 것이다.

언제나 믿음은,
청산유수와 같은 언변이 아닌
지속적인 사랑의 시간에서 오는 것이다.

사랑은 듣는 것이 아닌 경험하고 느끼는 것이다.

여심을 전혀 모르는 동욱 오빠의 푸념을 들으며 느낀 것은
여자가 남자에게 원하는 것은 노력이 아닌, 마음.

남자가 답장 보내는 걸 깜빡 했다고 했을 때,
여자가 화를 내는 이유는 답장을 보내는 노력의 부족이 아닌,

나를 잊은 그 마음.

나에 대한 마음의 부족.

당신을 알아보지 못하는 남자에겐,
원 펀치 쓰리 강냉이를.

남자는 사랑하지 않고는 행복할 수 없는 존재이며,

여자는 사랑받지 않고는 행복할 수 없는 존재이다.

'쿨하지 못해 미안해.'

UV의 우스운 노랫말이 참 슬펐다.

헤어진 애인의 미니홈피에 들어가는 것,
집 앞에서 기다리는 것,
술 먹고 울며 전화하는 것.

그럴 때 우리는 쿨하지 못해 미안하다고 한다.

하지만 사랑했다면,
우리가 그 사랑에 진심을 다했다면
어찌 이별이 쿨할 수 있을까.

쿨한 것을 멋진 것처럼 이야기하지만,
그렇다면 정말 쿨하게,
처음 만난 남녀가 원나잇을 하고
다음 날 유쾌하게 웃으며 감자탕이라도 먹고 헤어지는 것이,

혹은

헤어지자는 문자에 'ㅇㅇ'이라고 대답하는 것이 쿨하고 멋진 것일까?

기다리고 있어요

적어도 사랑에 있어서는 쿨한 것이 멋질 수 없고,
쿨하지 못해 미안할 것도 없다.

그러니 애써 아닌 척, 태연한 척, 아름다운 이별인 척 포장하지 말자.

아름다운 건 그때의 사랑이었을 뿐.
어차피 이별은 아름다울 수 없다.

우리 이제,
그 그리움을 미안해하지 말자.

적당히 그리워하고,
적당히 힘들어하는 것이,
우리가 상대에게 바라는 우리의 사랑에 대한 예의였으니.

여자의 마음은 갈대다.

그래서 흔들리지만,
꺾이지 않는다.

You don't know me.
so shut off, boy.

넌 나를 모르니까.
나대지 말렴, 소년아.

마음을 주고 사랑에 빠진다는 것은
샘플도 없는 포장된 책을 표지만 보고 사야 하는 것과 같다.

마음이 얼얼해질 정도로 와 닿을 책일지,
중력 따윈 받지 않고 둥둥 떠다닐 것 같은 작가의 난해한 책일지,

책을 읽기 전까진 어떤 책으로 남을지 알 수 없고
뜯는 순간 교환도, 환불도 되지 않는다.

그렇게 우리가 마음을 주고 난 후,
그 사람이 얼간이에 개자식으로 밝혀진다 해도,

그 마음은 교환도 환불도 되지 않는다.

이제 사랑에 관한 모든 이론은 무력해질 것이고,
이성은 사랑에게 완패당할 것이다.

사랑에 빠지고 난 후엔,
더는 어쩔 수가 없다.

유효기간

그리움이라는 건
함께하지 않을 때에 유효한 것.

두 번째로 만난 A의 매달림에
나는 곧바로 전화번호도 바꿀 만큼 냉정했고 미안해하지도 않았다.

세 번째로 만난 B에게 매달리며
나는 그 사람을 원망하지 않았고 그러려 부단히 노력했다.

어차피 사랑에서 오는 아픔은,
그저 각자가 책임질 몫이다.

다른 사람의 아픔을 내가 대신 짊어질 수 없었고
내 아픔을 떠넘길 수 없었다.

A가 나로 인해 아파한다 해도 그건 A의 몫이다.
내가 B로 인해 아프다 해도 그건 내 몫의 슬픔이고
내 몫의 사랑의 책임일 뿐이다.

그렇게,
사랑을 탈탈 털어도 남지 않을 만큼 사랑했다면
슬픔을 탈탈 털어도 남지 않을 만큼 슬퍼해야 할 뿐.

우리는 누구에게
미안할 필요도,
누군가를
원망할 필요도 없다.

내가 A를 사랑하지 않는 것은
B가 나를 사랑하지 않는 것은
나쁜 일도 아니고
화낼 일도 아니다.

그건 그저 어쩔 수 없는 일이다.

사랑이 지나간 후
우리가 해야 하는 일은,
사랑을 위해서 시간을 냈듯이
그 사랑이 지나가도록 슬픔을 위해 시간을 내는 것.

그리고
이별이 아무리 슬퍼도,
허무해도, 열 받아도, 구차해도,

다시 또 용감하게 사랑하는 것.

Kiss me ❤

지금은

Sure, I will ♥

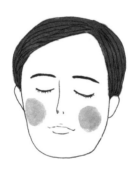

사랑해야 할 시간.

All is fair in love and war.
사랑과 전쟁에 있어서는 불공정한 일은 없다 했다.

당신의 사랑을 위해 수단과 방법을 가리지 말라.
더 치열하게 더 열심히 사랑해라.

김광석 아저씨가
무심한 듯 노래했다.

너무
아픈 사랑은

사랑이 아니었음을.

1년 반이 넘는 시간을
나 혼자 바라보고 나 혼자 애태웠던 그 사람은,
만나도 불행하고
만나지 않아도 불행한 사람이었다.

그땐 사랑하는 일도, 그 사랑을 끝내는 일도,
어느 것 하나 쉽지가 않더라.

이미 모든 재산은 날아갔고,
잭폿이 터지지 않을 것을 알지만,
그래도 '혹시나…', '만에 하나…'라며 푼돈이라도 생기면 도박장에 가는
도박 중독자처럼,

그렇게 1년 반이 지나
내 마음에 신물이 나고,
더 이상 그 사람을 위해선 미워하는 데도 시간을 쓸 수 없던 날.

그 마음을 그만두기로 했다.

만나도 불행하고
만나지 않아도 불행하지만,

만난다면 끝이 없는 불행이었고,
만나지 않으면 끝이 있는 불행이었으니,

최악보다는 차악이 나았다.

그리고 몇 달이 지난 어느 날.

사랑을 잃었던 모든 사람들의 위로처럼,
나에게도 이런 생각이 드는 날이 오더라.

'아, 그러고 보니 정말 끝이 났구나.'

누군가를 잊기 위해 부단히 노력하는 당신이라면,
당신에게도 틀림없이 그런 날이 온다.

그 사람을 만나기 전처럼,
웃고 떠들고 아프지 않을 날이.

그 사람은 그립지 않고,
그 때의 감정만이 아련하게 그리워질 그런 날이.

그런 날에,
또다시 사랑이 오더라.

지금도 당신을 사랑하지 않는 남자를 만나고 있다면,
그 만남의 최후를 알려주겠다.

그 만남의 결과,

그 끝에는

아무것도 없다.

변한 것도, 나아지는 것도.
처음처럼, 중간처럼,
결국은 끝에도 아무것도 없더라.
절대 그도, 그 관계도 변하지 않는다.

아쉽게도 이번 회의 주인공은 당신이 아니었다.

그래도
모두의 반대를 무릅쓰고 만나고 싶은 사랑이 있다면,
마음 가는 대로 했으면 좋겠다.

결국 그 끝이 허무할 것을 안다 해도,

군것질을 안 하고 6시 이후에 밥을 먹지 않으면
살이 빠진다는 걸 안다고 해도 실천하지 못하는 것처럼,

머리로 안다고 해서 행하는 것까지 쉬울 리는 없으니 말이다.

누군가를 하루아침에 잊고자 하는 건,
단발로 댕강 잘라 버린 머리가 하루아침에 허리까지 자라길 바라는 것과 같다.

마음 졸이고 머리를 쭉쭉 잡아당겨 봤자 소용없듯이,
누군가를 잊는다는 건 시간이 동반되어야 한다.

사랑이 지나간 후 돌이켜보니,
가장 후회되고 가장 힘들었던 것은,
상처받을 것을 지레 겁먹어서
억지로 끝내려 애쓰며 솔직하지 못했던 것이었다.

그러니
머리에 묻지 말고, 마음 가는 대로 해라.
깨지고 부딪치고 그리고 나서 한 달은 정신 못 차리고 슬퍼한다 해도,
다시 사랑할 용기만 남아 있다면,

마음 가는 그대로,

그냥 그렇게,

그냥 그렇게라도,

사랑해라.

내겐 완벽하게만 보였던 당신의 치명적인 단점은,

나를 사랑하지 않았다는 것.

그래도 나는 여전히 당신에게

아리가또 고자이마스.

여행이란, 그곳에서 살아가는 것이 아닌 잠시 머무르는 것.
사랑도 누군가에게서 살아가는 것이 아닌 누군가에게서 잠시 머무르는 것.

결국은 그곳을 떠날지라도 여행은 아름답고,
결국은 이별한다 해도 사랑은 아름다우리라.

사랑하는 것이 혹은 그러며 사는 것이
내겐 참 녹록하지 않더라.

그래도,

그렇게 쉽게 오면 인연이겠느냐.

슬픔은 깨끗이 털어내고,
다음 사랑에게는 더 좋은 사랑이 되자.

우리에게 다시 또 사랑이 시작될 것이다.

Epilogue

사실 책의 대부분의 글들은

사는 것도, 사랑하는 것도,
참 녹록치 않구나, 싶을 때마다
스스로에게 했던 말들.

잘 쓰려고 쓴 글도,
화려한 문장도 아닌,
그저 진심으로만 했던 이야기들.

나도,
그대도,

安寧

별 탈 없이 편안하게.

안녕.

Thanks to ♥

사랑하는 부모님, 잘할 거라 믿는 옥현이, 천사 언니 김명현 님,

홈그라운드 친구들, 영원한 베스트 성미, 동반자 은혜,
속 깊은 혜림이와 우리 주특공! 지덕체 유선, 늘 의지되는 진실,
일등 신붓감 명신, 아름다운 윤주, 볼매 지은.

대학생활을 함께 했던 현차의 비주얼 경미 언니,
언제나 런웨이 순호 언니, 내 일등 유림,
정말 좋은 보람, 멋진 고운 언니, 똑똑이 승경, 뭐 마지못해… 동욱 오빠.
졸준위, 동아리 언니 오빠 모두와 지성과 미모를 갖춘
우리 은정, 현지, 윤선이.

그리고 넌 최고야. 정원아.

즐거운 작업이 되게 해 준 컬투쇼와 《100% 스무 살》의 독자,
마음의숲 가족들.

그리고 이 책 읽고 있는 당신에게
정말 감사드립니다.

비주얼 작가 김수현